琴剑诗系·全国公安实力派诗人丛书

李尚朝

诗选

全国公安文联／选编

群众出版社
·北京·

图书在版编目（CIP）数据

李尚朝诗选 / 全国公安文联编 . —北京：群众出版社，2016. 10
（琴剑诗系 · 全国公安实力派诗人丛书）
ISBN 978 - 7 - 5014 - 5586 - 7

Ⅰ. ①李…　Ⅱ. ①全…　Ⅲ. ①诗集—中国—当代　Ⅳ. ①I227

中国版本图书馆 CIP 数据核字（2016）第 237002 号

李尚朝诗选

全国公安文联　选编

出版发行：群众出版社
地　　址：北京市丰台区方庄芳星园三区 15 号楼
邮政编码：100078
经　　销：新华书店
印　　刷：北京普瑞德印刷厂

版　　次：2016 年 11 月第 1 版
印　　次：2016 年 11 月第 1 次
印　　张：6. 75
开　　本：880 毫米 ×1230 毫米　1/32
字　　数：162 千字

书　　号：ISBN 978 - 7 - 5014 - 5586 - 7
定　　价：29. 00 元

网　　址：www. qzcbs. com
电子邮箱：qzcbs@ sohu. com

营销中心电话：010 - 83903254
读者服务部电话（门市）：010 - 83903257
警官读者俱乐部电话（网购、邮购）：010 - 83903253
文艺分社电话：010 - 83903973

目 录

《大三峡那光》诗选

《李尚朝诗歌品鉴》

《诗画江山》诗选

《最后的圣光》诗选

总序

公安战士的文化风范与盎然诗情

梁鸿鹰

警察有警察的风范，战士有战士的情怀，他们的文化追求，他们的精神世界，值得嘉许和褒扬。托尔斯泰曾经说过，人类被赋予了一项重要工作，那就是精神的成长。而在人精神成长、内心世界丰富的进程中，诗歌往往可以发挥至为重要的作用。有诗情、会写诗的人，他们更会生活，更有工作的激情和爱的能力。放眼全国公安队伍，杨锦、侯马、田湘、胡丘陵等一大批用自己的业余时间在文学世界里驰骋的人，就是有精神追求、有文化情怀的人，他们有作为人民卫士的博大胸襟。同样，他们以诗人永不衰竭的歌喉，歌唱理想、呼唤美好、维护正义，体现出的独特诗情，体现着当代文学的独有风范。

事实上，在我们这个诗的国度里，诗言志，同时诗向来润物细无声。在当代公安文化的建设中，诗歌起到的作用向来十分突出，奋起、担当与参与，使之成为文化的轻骑兵，鼓舞干劲、激扬斗志、暖人心怀。战士有战士的情怀，属于国家；公安人有公安人的诗情，源于责任。因此，当海地维和武警兄弟遇难的时候，诗人、散文家杨锦用发自内心的诗章接战士们的遗体回家，他感叹“大地在颤抖中将海地揉碎，当加勒比海不再湛蓝，哭泣的太子港撕裂为世界最终的伤口。当蓝色贝雷帽被黑暗压埋，心的碎片像瓦砾般散落，无法捡拾”。而当高原舟曲灾难袭来的时候，杨锦写下《格桑花在守望》，“啊，圣洁的高原之花，在风雨中挺立，不放弃绽放，让希望在高原上盛开”。正是这样的诗情，将大爱播撒，将大义传扬。诗人贾卫国与他一样，诗句里充满阳刚之气。面对抗战的英烈，他感慨“我听见　从一只手的血管里　传来轰鸣的声音/牙齿咬碎了　一粒粒子弹在枪膛里屏住呼吸/今天　当我无意中目睹了这座骨头铸就的壁垒/必须提醒我的孩子　这是大地深处从未停息的冲锋”。而在森林公安诗人孙敬伟看来，祖国永远是诗人情怀中最神圣的所在，他想象的世界，永远把祖国置于至高无上的位置，他说“祖国，我宁愿一生饱尝委屈和痛苦/也不愿意让你受到任何伤害/我的诗是溢满眼眶的泪水/永远也写不尽你的欢乐与悲哀”，这是他深沉情愫的最直接表达。

擅长以理性的批判和清醒的历史意识穿行于社会、政治、历史和文化的公共空间的胡丘陵，在这部诗集里，将诗的实用性与纯洁性区别开来。注重从记忆深处提取经验，叙述经由畅想达到人情、人文、悲悯、忧伤和正义，透露出当代诗学别开生面的美学趣味：超美学、杂美学，即把诗学从形式主义的牢笼拯救出来，进入生命、生存、生态的广阔界面。

诗无疆界，诗无达诂，拥有诗情的人，就像掌握了进入多彩人生与瑰丽世界的魔棒与钥匙，他们也许不想刻意追求成为世上无谓的、假意幸福的人，但他们希望成为拥有对故乡、对土地怀有炽烈情怀的人。正如邓醒群所说，“因为小草，因为粮食，因为生命/从今天起，我只专注/神圣而永恒的土地”。诗情的可贵往往源自眼光的独特，因拥有看世界的独特视角而使诗情卓然，这是足以让人羡慕的。如同云南的公安战士舒显富（芒原）感受的那样，一种对抗岁月流逝的冲动使他躁动不安，他说“冷是暖的石磨/而诗人却和时间缠斗，在树下斯磨/杀书，磨字，饮鸩止渴”，我喜欢这“杀书”的劲道，我欢呼这“磨字”的决绝，一个诗人，假如失去了进入诗意世界的独特路径，无异于谋杀了诗意。辽宁的公安诗人杨明山那些致力于古体诗歌创作的成果，格外吸引人，在诗坛上，能够贯通古今，修得一种亲切自然之功，那是很不容易的，比如他的《七绝·寄远》：“迢迢漫道望君时，几缕相思暗自知。却尽铅华一樽酒，清茶两盏再谈诗。”诗、酒、茶、友谊，在他这里浑然一体，言简意赅，同样是因为他掌握了通往诗意的密钥。

我们生活在这个世界上，能够以诗的名义，能够把大千世界缩微在那参差不齐的字句中，能够以蓄意的节奏和随意的韵律表达自己对世界的敬意，把对生活的感悟争取到自己的内心，这种难得的情怀，在逐利的时代显得格外优雅。女诗人刘一民的诗，当歌则歌，当哭则哭，但绝不放弃对深邃与优雅的追求，“比起秋天，冬天更疼我/它从梅花的芳香里，剥出/寂静和风暴，送给我/并让它们将我紧紧拥抱”。这些句子，固然属于女性，但更属于有情怀的战士。而在沈国徐看来，诗是触及灵魂的文体，高于语言、处于文字之外，“能借个地方说话吗/青春不在，故人大多远去/时间就像一把毒药”。这些句子，记录的是对往昔的无奈，在我们的灵魂中，永远留着一块地方，是给一去不复返的东西的，在他的眼里，流逝的，更值得记忆，因为可以随时提醒我们，什么才是真正值得珍视的。李尚朝是 20 世纪 90 年代成名的诗人，他的诗情来自生活最富于质感的地方，对一个时代的精神状态有着准确的把握。他在其《大雪》一诗里说，“大雪来得正是时候/十个人看见了仆伏的草/一个人看见了站着的树//我在十一月看到一场大雪/像多年前的灰烬漫天飞洒/一个人站着，像多年前的一团火/雪花硕大，他一语不发”，让人看到精神萎靡的人群里那些人格独立的时代形象。而徐国志永远把最本真、最质朴的诗情送给乡间让他温暖的一切，“时至今日　乡间让我温暖/让我俯瞰一片谷穗的碰撞/秋风在谷底　在河滩　牵出/一条溪水　细细的溪水/试图拉起身后的/大山　让我们沿着河滩/贴近谷底　融入溪水的山涧/追溯秋风的底细　回到土地/深处　回到一棵谷穗的饱满”。这种“饱满”是热爱之后的欣赏，浸透了对燕山草木的深情。孙学军的诗歌文本是他内心的呈现与关照，是他自我灵魂的拯救。他的诗歌文本单纯古朴、秀润纤细、凝重酣畅，是他精神思维的再凸显，更多的时候他关注低处的生存现状，并在山河万物、一草一木、锅碗瓢盆以及琐碎的生活物象里参展，扩及自己的精神维度。他的诗既有深度意象的东西，又能通过适当的叙述营造语境，妙在控制力十足。

这些战士有情怀，这些情怀属于当下，连接着过去与未来，属于最美好的精神创造。

是为序。

（作者系《文艺报》总编、著名文学评论家）

《天堂中的女孩》[1] 诗选

现代性与古典情调的完美结合，形成了李尚朝的爱情诗风，对爱与美的追求，对生存矛盾的思考与困惑，优美节制而略带伤感，是对尘世的回首、对天堂的梦幻。爱情或者就是一次次挫败与疼痛绽出的花朵，红艳深沉，爱与不爱都与爱的对象无关，只是诗人自己梦中的天堂，尘世的温暖，像一束薪火，有时燃尽成灰，有时重又点燃。

——文学评论家、重庆三峡学院副教授　李卉

① 诗集《天堂中的女孩》，李尚朝著，1998年作家出版社出版，曾获首届世界华文文学邀请赛一等奖。

天堂中的女孩

来自天堂的女孩，原本就为
擦亮我多情的眼睛
或者昙花一现，或者泪流成河
将灵魂留下来
身子随风而去
让我的爱情一波三折
或者飘飘欲仙
或者枯瘦如柴

1998. 7. 22

花问

传说，有一种花需要用泪水浇灌
那是不是你?

如果你无法回答，你就是
河边的那株水仙
爱上了自己的倒影，你将
抑郁成疾

要么，你就是前生的玫瑰
光艳照人，茕茕孑立
在盛夏的夜晚，爱上你
我领回了欠下的那道伤痕

今生无法预测
江风的记忆，道不出三生的情缘
在水湄的波光里
我注定要离奇地走失

如果都在寻找
而没有相逢
爱情的流浪儿，我们
还要流浪多久？我想
能够闪烁一次，那该多好
哪怕是人生的绝响
孤独的灵魂，也不至于永远
看不到欢乐的天堂

1995

插花

我知道你此时在瓶中静养
微微的气息用南风吹送
越过每一缕相思
尽力地将我打扰
我知道静养的插花在水中
也不会安分
这年月，爱情百般活跃
任何一个角落，都有她清芬的歌谣

站在最淡最雅的水中
脱俗于滚滚红尘
我们的小世界也淡雅起来
在房中踱步
就感觉素素的气质将我缠绕
将我的黄昏
打扮得分外古典
让我想起齐楚的荷花与水仙
带露的裙裾
粘满轻柔的品德

1993

门前芙蓉花

守候我的是这种江南的植物
朴实、敦厚，像秋后的原野
删刈杂物，忧郁中满含真诚
蓄泪不流

衣衫宽大，在风雨中仰首
一天天饱满，留住贞洁
留住子房中的身子，含苞不放
秋雨中，我怀抱贫困的双手
能用什么为你挥袖

每天清晨，在我的门前抒臂
用一泓清歌将我浸洗
将我的想象引远，抵达初衷
抵达先前的嘤嘤啜泣
醉意中，避开微风，于心境中望我
我将怎样从这片薄薄的馨香穿过

濒临九月，就半夜起身
唱着遥迢的歌谣，慢慢地打开日子
打开最初的洁白，秋风中恋爱的场景
便一一展现
相爱的人携手静立檐前

然后进入寒蝉，在北风之中
忍住一片焦黄，叫我燃起诗稿
燃起阳光的福佑
倾听红马车逼近的铃声，你说
这红光多么温暖
寒风中，幸福的人忍住辛酸
热切的双眼泪水涟涟

1992. 11

琴

紧扣我心弦的琴，一丝丝旷古之音
涉水而来，涉过水湄的荷
在复灯的空明之中，落下玄妙衣衫
被梦中的手潜心弹拨

伊人的琴，素雅的琴
迷人的音在我的指边律动
用特有的敏感将我缠缚，令我
在深秋的凄惶里，独守一种
意乱情迷的折磨

琴，你梧桐的高贵
凤凰的清音
年年临幸的高山流水
将我的骨殖浸洗，将我那些
长夜的冥想，寸寸封连
成就你琴房中那一曲
净美的谜，婉转的歌

深夜，沿着你连绵的音阶
游翔白鹤的深处
琴，多想在你的意境中安家
斜依缥缈的花树，在不安的时刻
像一个音符，于恬静的琴枕上
停住所有的伤口和焦灼
让天国的弱冠青衫、二八佳人
在音乐中十指交接
琴，请用你灵动的气质
覆盖我，覆盖
最钟情的那种传说

1992

桃花

这带来赞美，带来妒忌的火焰
过路的美，偶然的打量
在飞翔中揭开我的酸楚
让我的灵魂
短暂的纯洁

趁热哭泣，羞涩，尽情地撒娇
蒙尘的城市不容你开得太久
像耀眼的火狐踏雪而去
你终将寒冷，失去踪迹
趁着我短暂的迷失
趁我这个乡下的少年
还没有变坏
你妖艳一回，世人也不会计较

然后走开，收敛香气
在多雾的早晨被人忘怀
很多人路过，冰冷的脚步
在灰色的路上
无力地踏

1998.6.9

迷失的鸟

迷失的鸟在何处栖息
她频频回首，银羽灿然若狐
在秋天的尽头流露真情
婉转的红喙止不住心中幽怨
齿间清丽的词句
照临了谁家屋檐

在红尘中降落，比花瓣更哀婉
猝然间失去方向，无依无凭
爱情已无法逆转

迷失的鸟，高贵的往事不能复活
从一棵树向另一棵树飞掠
在夜晚，秋风冷凝
她能否躲过最小的劫难？

1996

《风原色》[①] 诗选

诗人这种理想主义浪漫情怀，不仅表现了无限自由的追求精神和丰富的想象，而且揭示了人类与生命世界的最高本质，寄托了诗人昂扬乐观的终极理想，充满了极其高远的来自于自然和生命本体的哲学思考。

——著名文学评论家、重庆三峡学院教授　何休

① 诗集《风原色》，李尚朝著，2000 年作家出版社出版，曾获 2002 中国诗歌节自由体诗集一等奖。

月上中天[①]

子夜前纯金的灯盏渐渐熄灭
我在火焰烛照不到的地方
仰望中天，仰望圣洁的夜晚
月亮，静谧与安宁已越过山冈

从前的黑暗一一退避，只有月光
像真理与神谕，扑面而来
照彻了暗处的茅屋，檐前的颂歌里
谁能觅取
些许的黯然神伤

月光，博大的清辉里无法藏匿音乐的种子
只有我无声的歌唱
乘坐满天羽毛，四处激荡

是的，我的歌唱是臣民对圣主的赞礼

① 此诗入选全国高等院校汉语言文学专业本科教材《20世纪中国文学作品选读》时，曾有删节。

是情人对爱情的张望
丽人的风姿源源而来，我站在岸边
细水拍击我粗糙的胸膛
是的，我的歌唱是人类最平静的呼吸
秋天的伤口里，慈祥的乳汁不住地流溢
月光，在人类的触点上
抹去了所有悲剧的屏障
现在，我和众多熟睡的人们
倾听你红尘之外的祝福
你亘古的流水
使我们忘却伤痛，虚伪的面孔一一消逝
寂静的屋顶，琴音的粉末随风飘扬

这是午夜的河流，北风吹过
九月菊四处飘香
我看见圣人手捧笑容，满眼慈祥
站在河流的源头
将粮食赠给农人
将书籍还给智者
将箭袋赠给雏鹰和乳狼
猎人的枪口，神色苍凉
贤淑的新娘撩动帷帐
戒指的光芒摇响风铃
白色裙裾停在幸福的中央

月光月光，满天的真诚覆盖大地

久别的马匹，已返回无尘的大道
在更远的山上
众鸟都避开了灾难和死亡
只有疲惫的歌者
恬静中双目低垂，杰出的容貌
让我心旌摇荡
仿佛美酒浸润我干渴的肺腑
仿佛雨水滋生着初生的灵长

啊……
这该是上苍的旨意
让最柔的光明在大地疯长
我干燥的皮肤被一次次恣意地洞穿
远古的情歌，在花朵中微笑

月光忘情地走动
早已朦胧了山川的迹象
我听着童年的儿歌
纯情的木琴婉转悠扬
月光扑打着翅膀
我才幡然彻悟：只有月光
是最高的理想
真正的人类
没有忧伤

1993. 6. 12

蓝色天空

无法回绝，我只有承接你最蓝的锤炼
落下来，落下来
最轻的力度，最重的思想
落下来，我也会化作一缕轻烟

人类最高的色彩，最亮的色彩
超过一切的纷繁与琐碎
让我透明，不染杂质
最远的地方，一天天向下逼近
钟磬的音乐幽幽萦绕，落下来
你是要为谁加冕？

大地的王，天空的王
怀着最弱的心跳
守护智慧与灵魂
照耀着至上的孤独，你一语不发
停住自己的傲骨，在一片圣洁中
冷峻而庄严

谁能想象，在你的上面
什么人的家园一直铺展
这白雪的爱人，大地一片翠绿
你保持先祖神圣的姿态，映照河流
映照土地的仪表
像无边浩水，涂染你整个容颜
而你正是水的胞兄，饱含着水的骨殖
所有的山脉和河流
都一一退让，一一被你领导
你玉质的心中，人类的踪迹
已被一一包涵

那么，你的上面也就是神话的上面
是人类思想的居所
与人类相依，又与我们相互对视
谁也不会屈服
像两种最亮的色彩，像时间与空间
而我必得向你仰望
像英雄领受帝王的圣谕
让大雪落进旷古的历史
你丰饶的光焰
大仙一样抚摸我沧桑的额际
我必定幸福安详
被戴上奇异的金冠
智慧的光芒一闪再闪

1993. 4. 15

暮色苍茫

在苍茫的顶端，水声响起来
浮云擦过所有人的额际
暮色穿过群山，穿过树木
向大地逼近
浅薄的事物次第退远

送葬的人们已重返山冈
整整齐齐，深邃的目光向天空打量
他们看见，躁动的生命在云层中穿梭
阳光隐去的地方，一群人踏歌而来
手执锄头与号角，以指作灯
在贫瘠的土地降落
脚跟深入泥土
泥土便闪动着吉祥的亮光

我站在大地的一隅
看另一种海洋向我袭来
潮湿的海风、帆船、前夜的鹤唳

抵达我澄明的心境
我看见道路闪着金光，向四周辐射
直达远方
我的爱人骑红马而来
红马经过的地方，万物臣服
经幡与符咒在蹄声中轻响

水声响起来，漫过天际
花香袭过来，充满心房
众灯亮起来，嘹亮的歌声响彻四方

肃穆的神明
睁开眼睛，向人间降落
祥光擦拭静谧的屋脊
我的爱人，下马倾听
从众水的方向上
纯净的新生命突破地表
蓝宝石般的声音
敲击农人粗糙的手掌

爱人，你的形象是时间的形象
苦难也无法使你苍老
在暮色深重的地方
你同样透出光芒
爱人，你的形象是人类的形象

在灾难深重的地方
苍茫的暮色将你压迫
你红马经过的地方
仍歌声嘹亮

1992. 3. 2

叶

叶，从小小针尖里吸取阳光
释放春天的绚丽
一夜间覆盖大地的苍白
天气不再暗淡
季节不再蒙尘

光明的雨水接踵而来
溅湿人间的誓言
更多的人打马上路
梦见坎坷的路程和圆满的结局
叶，在风中轻轻叩打人间的窗棂

我是缘叶寻花的人子
从叶的边缘齿轮旋转的地方
向叶深入
哦，风中奔波的叶
雨中颤抖的叶
临水梳妆，拽动自己的生机

坚强的忍耐让自己尽情地绿、绿
绿过人间的憧憬

细心的人们剥开叶脉
剥开大地的象征
蔓伸的河流流向杳远
叶，众多的子民在你腹地的中央
盲目奔走，世代繁衍
你要怎样将人类安置?
我怎样才能打开
这千古的箴言?

沿着叶间的小路继续行进
我们看见，缄口的叶
稳稳扶住花的凝重与轻盈
我看见，日落之前
一条条人流沿着这条线索
向秋天的深处涌动
叶，指间握不住的岁月
渐渐被人类握住
在九月，我们回归家园
扶住门楣
叶，醉心的黄色，随风而落

1992. 7. 18

雨水

雨水照彻土地，也照彻我的亲人
夏季，众多的原野被绿色爆满
雨水串起每个人的心灵
将细腻的笛声阻断
云层重过往日

这是粗糙的雨水在安顿家园
安顿植物和庄稼
剥开山野的状况，细细检点我的乡亲在阡陌上穿行
流动的绿色上漂浮着他们的蓑衣和斗笠
他们粗糙的手掌，正把握厚重的时光
将尖利的蒺藜一重重搧倒
雨水，黄金的味道也重过往日

流浪的人子身披幻想，越过山冈
越过重重疲惫，在雨水中驻足
粗壮的眉毛，永远粗不过庄稼的眉毛
也粗不过雨水，而今被雨水打湿

他手抚前额，手抚雨水的气息
被异乡的庄稼刺痛
流浪的人，就这样让雨水牵动
再也举不起流浪的马鞭

进入怀乡的雨夜，所有生存的人
都梦见玲珑的家园
雨水，叫我们不要走散
叫我们在梦中将希望翻动
怀抱最后一束干草
填平创伤，立下心愿

沿着迷蒙的道路高昂我们的头颅
雨水，将消解一切的灾难与厄运
让流传到今天的事物
都在福光中被雨水安抚
深扎根须，抵达圆满的顶端
雨水，它柔韧的手掌握尽坚强
在不安的岁月将我们引领
沿着它深入的方向，我们
就像庄稼一样，生长繁衍

1992. 6. 11
1992. 7. 20

布谷

潇洒的飘扬！这众仙途经春天的歌谣
我将怎样展开对飞雨的膜拜
蓦然一回首，岁岁年年
重复的飞鸟落下翅膀，越过惊蛰
我就要醒来，吮吸苍茫的田野

看！阡陌中绿芒在生长
闪电无法摧残，那飞泻的美
让雷声也分外灿烂

大地铺开它壮怀的激情
农人的步履，怀秋的手势
一字展现的晴空，有多少黄金的颗粒
洒落进秋天的牧场
像白云下奔驰的羊群，我们的父兄
精神饱满，聚集苍茫的时间
他们要凭着自己的双手挥动牧鞭
使土地驯服，垂下头来

灵魂因充实而更加坦荡

我是远离土地而被土地牵制的旅者
布谷的唱辞像神谕的降临
我要在远天之下向它致敬
在通向秋天的路上，拾掇遍地的腐草、牛粪
回望田园，燃起高高的狼烟
我要祈祷和畅的雨水
在最为适当的节气向乡下安放
让遍插茱萸的怀想
涉足高岗，俯视原野
四处都流溢着黄金的酒香

1994. 3. 3

等风起时

看远天行云如仪仗在粼粼的波光之上
白太阳收敛寒光遁入阴冷的巢穴
我舒臂于天幕抚摸无限的空壁
一俯身滔滔江河便成千里辐射
触及遥遥掌风仙子的袖袍

我放黄龙咬你的裙边拖你
我唤海潮于你的身后涌你
风啊，你就踏莽莽草原来吧
你就破浩浩长空来吧
我在峡谷的这头等你
披一件蓑衣于细雨中的渔舟
持弯弯的钓竿悬直钩钓你
你就来吧
你来吹响峡谷这巨大的空螺
你来鸣响这峡谷里仅存的人间天音

当我沉醉的时候你爬上我的钓竿

掀翻我没有风帆的渔舟
我就在水里拽住你的衣角你的黑发
——你的黑发是我终身等待的誓言
从此我再不必在一月里踏霜雪盼你的料峭
在二月里持空壶盼你的温柔
就在这六月，在你疯狂之时
让你在我身上打滚
让金色河沙涂满我的身子
让你用犀利的目光从不同的角度
削我
削我成永恒旋转的陀螺
我就永无休止地转啊
将自己与你融为一体

1989. 11. 5

风之舞

我残缺的心灵还是混沌初开的一瞬
一道蓝光闪过之后我降生了
我摇十二万只风铃从苍茫中走来
佩环击打佩环
天地在阵阵清音中上下浮沉

这正是浩渺无垠的黄土高原
你的巨乳伴随你的身子不断地旋转颤动
我忍不住扑上去深深地吮了一口
我便见这儿是大草原了
连绵的黄草都舞成巨大的漩涡
我不由抛弃所有的无风之夜
将自己长成顶天的巨人
双手搅动蓝天无数星系也舞成斑斓的旋风

我跺着双足
裸足周围响起无数脚镯和谐的脆响
我唯有疯狂地舞着

在风中尽情地宣泄最原始的渴望
整个宇宙清晰地摆在我的眼前
群星是无数欢愉的舞女
伴我精心地演排
我心中将不再出现任何朦胧的盲点

当我猝然倒下之时
我发觉我已变成了山峦
有河流温柔地在我身边流淌

1989.11.5

坐骑

今天，我坐在一匹大风之上驰骋
不是马，不是童年的木门槛
不是想象中的白云
我驰骋，在坐骑之上
在一匹风上，像父亲
乘着他的土地，像牧羊人
乘着他寒风中的鞭子

我乘坐在诗歌之上
在一种意念之上，像一匹风
掠过大地，掠过丛丛屋脊
手中的灯，手中的鬓毛
在燃，在许多人的内心
扬起尘土
引路，是我最初的心愿

像驾驭一条江，一座山脉
大地在移动

我的坐骑带着铁蹄
从众人景仰的地方掠过
风，呼啸不止，带走云烟
我沉默不语
任人评说

1994. 2. 3

白色椅

绿草向四周蔓延，一直远去
一张椅子，白色，宁静的白色
纯洁而高贵
在绿草的中央休眠
我的思想　在白色椅的中央
休眠，其实也是飞翔
白色椅是一束花，我是蝴蝶
将智慧扇动
芳香被留下，我走远

白色椅在原地不动
像疏懒的流水环绕春天
阳光的斑纹从扶手处滑落
白色椅，进入梦境
我的翅膀进入梦境

坐在白色椅上，春天被打开
四面无人，只有绿草的呼吸

落在风中，远处
有歌声此起彼伏

如果我一直坐下去
总有人会被我梦见
他便是老者或隐居深山的圣人
听他的教诲
白色椅被再次洗涤

而我必须远离
带着瘦削的面孔进入春天的深处
白色椅，在原地张望
像一团烟，被生机保留

1992. 夏
1994. 2. 5

烟

是谁的手指夹住我的要害
不能呻吟，连流血与流泪
都成为别人的体验
疼痛地短、短
短掉一生前程

如果我们不能在烟雾中
看见生命的毁灭
沦落尘土，我们
是不是还有救药
烟，三寸气节
我们怎样寻回

吸烟的人吞云吐雾，飘飘欲仙
他是否已经把握自己的走势
你看，那残忍，那不可一世的轻松

将我的头颅摁灭在方寸之地

他的灵魂，是否与我有别

不圪蹴着脑袋

屈从于另一种势力

1994. 2. 9

倾听雨声

这更漏的独白，在窗外
缠绕我屋脊的一带苍凉，注定是
带来兴衰，带来宽恕的一句唱词

我小小的红心，承接从前的梦寐
如果我今夜死亡，就让一滴雨声
替我缝合创伤，幸福的人
落下你疲惫的翅膀

今夜，没有月光为我引路
又是一串雨声，在前行的路上
点燃两旁的灯火
哦，只要有雨声照耀
我不是衣不蔽体的人

我在梦中拦截着更多的黑暗
让它们承受这声音的击打
一点火光，照亮了今夜的荷塘

凋零的美人
找回了她的旧时光

深不见底的吟咏谁能污染
冰凉的容颜被雨水相抚
踩着唐时的音韵
在夜雨的深处驻足
十指的道路，得以被人珍惜
局部的疼痛，得以被风吹拂
今夜，心明如镜的歌者前来敲门
我伫立窗前，看澄明的意境
在冥冥中落下又升起
凄冷的风，开始又结束

1995. 9. 30

怀抱秋风入眠

尤其是，枫叶纷飞
挂在檐前细细的歌吟
仔细倾听，从天空落下的幽静
约会的情人，耳语的深处
微笑、低语和初吻
是不可磨灭的永恒

高过城墙的月光
凝住原野的伤痛
接近边关，唐时的琵琶，汉家的烟尘
远去的水声吹奏历史的行云
细腻的孤独一远再远
往上升，是最初的皎洁
往下降，是美人的鼾声

仔细倾听，人间
没有察觉不出的美妙
揭开落叶，揭开草色

巨大的沉冥像夜色一样轻软
覆上耳朵，大地的呼吸
一切生生死死的烦乱
都在其中闪烁
滑向智慧的深处
还有什么，不能隐隐浸透
包括小小秋虫发出的喘息
都让我的灵魂
轻得不能再轻

这是宽泛的大美沿着秋声的大道
缓缓而来，车辙的印痕
吟咏秋天的诗人，他轻松地书写
紧跟拂尘，连仙子也被感动
记忆和幻觉
都沾满了秋天的音韵

这是完全的幸福
千里之外，咫尺之遥
都是梦的容颜，我沉睡
夜，消匿了一切隐痛

1995. 9. 30

欲飞的翅膀

让我扇动，这宿命的花朵
既然被时间所撩拨
我无法返回到羽毛的深处
我就要张开叶子，张开根
张开生命和爱情，在北风里
我不是抱布贸丝的小男人

我十指搭上精神的命脉
像守着我自己的遗骨，守着希望
痛苦而忧伤，眼含期待
望远空的云，红霞起处
想我安魂的家
和家中的蟠桃，我命中的小仙子
左手的牒子右手的花
十指的方向是我求缘的道路

云中的新人啊
我是笼中的小王子

被时光牵制，又被
透明的樊篱所验证
欲飞的翅膀，落不下
暂时又不能完全打开

不要被凄苦掩了身姿
不要被欢乐耽了前途
我还在红尘中，带着世俗的桎梏
谁能告诉我，怎样的方式
才属于涅槃？
怎样的飞行
能被我轻易梦见？

1996. 10. 20

灵雪

褪尽世俗的繁琐，从迷醉的高处
展翅下落，在它停顿的瞬间
我感到了温馨的呼唤

不要说冷，寒冷本是
温暖的外延。今天
它们从高高的天上解囊出行，轻装上路
选择着自己的家园
然后安睡，在巨大的空蒙里
我触到了梦和羽毛

最大的自由主义者
它们无视人间的指令
尽量将想象张开，这些上帝的精灵
每一次呼吸
都是自己的风格

那么，站在雪中，站在

自己的意愿之中
我便是自由的神了
任人狂放
醉态百出，或许
这便是雪花诞生的理由

在雪花中奔走，写诗
我不会留下刺眼的败笔
它们结伴而来，轻描淡写
将我的诗句删改，留下
大地的纯洁
多么宽容，多么大度
短暂的一生，像少女的初吻
晶莹，神圣，布满永恒的真诚

1995. 12. 23

六月听蝉

来自天国的鸣曲，杳远、幽冥
需要真正的契入，将浮躁的神思
收拢，天籁也可以倾听
众音从细水的微波里升起
触动深邃的梦境
自有一抹冷寂在白光中缓缓滑行

蓝衫的友人拂尘而来
须发冷艳，貌若冰霜
心怀朴素的琴瑟吐露禅机
轻轻将慧根弹动
沉冥的弦索一响再响
渐入佳境，操琴之手
恍惚间已不知去向

绝尘的背影穿叶而过
余音袅袅，将梵音悉数打动
灼灼的背影里
已留下一路清凉

1993. 7. 13

渔者

在众多的粼光背后，黄昏
深藏的隐喻谁能看清?
只有我，无形手指通向水的心脏
为自由的生命把脉
在另一种宁静里
将自己的思想理顺

有没有鱼，都无关紧要
最美的语言在于沉默
和谐才是真谛，只要
心灵不让逝水所伤

这是悬垂的灯火
在将我的心愿点燃
这是被人忽略的岁月
在对我施恩
除了感激，我可以进入盲目
也许，盲目才是最大的深沉

在一种冥冥的召唤之中
我接近了神，进入最大的时空
风在远处吹拂，与我的目光
若即若离。就此我可以回到从前
或染指于未来的隐秘
仿佛一无所获，其实
最大的财富已被我占据

1993. 8. 2

草原

我把心放牧在云端之上
我把马放牧在你的心房

如果我落下，我是低头的草
如果我燃烧，我是天边的晚霞

草原，太宽太大
不像我小小的家
草原，太宽太大
我想流浪，就有好马

无人在意，我东行
无人在意，日已西斜
大雨过后，云散开，草泛绿
无人之境，只有纯净的心灵
容得下

1998. 9. 14

流星

是强人阖上他最后的睡眼
英勇的王，跃过黑夜的深渊
灵柩的辙印辗过他照耀的道路
短促的燃烧
照见一世英名

天才就这样走失
万世的劫难
拨开梦寐的烈火
悲壮的诗歌由此而来
永恒的辞颂，永恒的怀念与赞礼
最高的爱抚，在人间的泪光中
熔化了他洁净的金身

1993. 4. 2

盘中的果实

这是和衣而睡的美人
在重温旧梦，像许多
成熟的心事
在选择退路，避开
无辜的打击

碧海里阳光正红
正午的铃声
从她们体内隐隐地传出
我看见花朵在仓促中老去
残酷的风雨接踵而来
只有最坚强的少女
成为爱情与盟誓的象征

比婚姻更美，比初恋更纯洁
她们和衣而卧
掩住隐秘的部分，让线条
显露出来

使我明白什么是安详，什么是
安分守己，并让我
为世界的宁静
心平气和

这是饱含生命的翅膀
像那些艳丽的蝴蝶停在枝头
一丝丝气息蕴藏着甜蜜，叫我
停下来，埋掉陈年的风雪
不要开口，让所有的伤感
走远，顺势握住明显的幸福

1993.5.31

清晨的鸟

梦中的花，一朵，两朵，三朵
开在临窗的熹微中，喊我
越过藤桥的那一朵
衣着华丽，歌声清越
暗含时令地开放，檐前
晶莹的露珠就扑簌簌地朝下落

这些清香的雨前，三三两两
轻盈地攀上高枝
在风中翻动裙裾
小心地议论我今日的气色
她们平平仄仄的步子
在明朗的地方落下寓言
我就听见佩环的击打声向我袭来
让迷恋气节与风骨的居人
惊喜莫名，精神抖擞
并深刻地悟出
这当是折叠思维的时候

1992. 5. 25

《大三峡那光》[①] 诗选

李尚朝背负着祖祖辈辈的记忆，从大三峡出走，在此后的旅途中，无数次地梦归故乡，把乡土捧在纸上，不管山水风云如何变换，人世如何更改，心中的情怀始终如初；然而，人类从出生之日起，就已经开始了身体和精神的流浪，我们都是出走的灵魂，在他的诗中，我们可以相依为命，回到灵魂的居所作一次深情的探视。

——青年诗人、中国新诗研究所硕士研究生　王姗姗

① 诗集《大三峡那光》，李尚朝著，2009 年作家出版社出版。

高山流水

高山流水，已经够远
比我想象的更有画意
一日三餐，尘土飞扬
我已经愚钝得不辨方向
高山之高，让我望见天堂
流水之清，让我照出童年
我从城市中来，高山流水
我重出云海，重见天光
高山用做天梯
好木用做栋梁
好水用以流溢四方

2006. 1. 31

渡船

回到水中，河分两岸
话说两根篙杆，一根渡人，一根渡船
我站在船中间，数往日，看来年
一个少女涉入碧波，脱下衣衫
相隔多远，不可计算
她开了花，白了发
我梦见渡船与铁链
就在悬崖边
有时浮在水上
有时沉入杳远

2006. 2. 5

在巫山看云

云卷云舒，我也伸展自如
我到过云的深处和浅处
想飘就飘，想红就红
想看见沧海，水就涨起来
想到达远古，只一瞬间
就看见女娲和夸父

2006. 1. 30

回乡

回到乡村，让我暂时小住一会儿
像一个千年的浪子，偷闲买一点醉

像回瞥的惊鸿，我一眼看见
撑伞的女子，她仄仄的步子穿过小桥
流水倒映着她好看的魂

可是，也许这就是昨天在我怀里偷乐的小姐
她假装娇嗔，收了钱，飘然而去，偶尔回到乡村

可我又不能这么想，人间啊
需要理想需要美，就像那幢小木房
它摇摇欲坠，但它的古朴和遗风
总让我们，把它作一处风景

风景。看一次算一次

还有白塔和绣花的女人

她们穿针引线，将夕阳绣在胸前
将白塔，绣在绿叶的后面
一吹风，她们就关上门
等待第二天醒来

同伴告诉我，这就是我们失传的美呀
可是，他说，这个地方已没有了从前的金丝猴
消失的不止是今天。我说
像我们今天的游历，在故事和传说里
提及的，会有几人？

2002. 8. 12

乡村

月亮暗淡之前，人都走空了
只剩下老人，小孩
狗一边欢叫，一边跑
随处可以看到，它们交欢的影子

960 万大好河山，我在山村之间
再难寻到一个美丽的女子
小家碧玉。他们说，一手提着裤子，一手数钱
老大娘弯着身子捡拾柴火
她对着新修的空房子
望了一眼又一眼

回到乡村，我看到儿时的山鬼
不断地飘浮
一个小孩站在墙角，偷望了我一眼，跑了
落日下沉，山村一片漆黑

好像有什么暗示，回到乡村

我总做着邪恶的梦
鸡不叫，狗不咬，炊烟不飘
十年前我见过的陶渊明已经死去
有个人一指：那座坟，草长满了
另一个人自顾收拾着绳索
他说他晚上练习爬墙
还顺便练习把耕牛牵进屠宰场

早上，外面老是吹风，房间在摇晃
一个算命的人走过来，他说
这个世道，这个世道
他没说两句，后面就来了一大群人
他们摇头晃脑，口中念着经
他们偶尔对我傻笑
恐怖。我说。我要回到城里去
他们望着我，傻笑，再一次傻笑

2002. 8. 9

风箱

风箱呼哧呼哧，我总是在夜里听见
风箱好像在儿时的墙角
一只饭碗砸下来
米撒了一地。而风箱
呼哧呼哧，一直没有停息

听见风箱，我就想流泪
父亲说：那些苦日子都过来了
怎么现在还难过呢？
说完这句话，他就转身走了
再没有回来
我在假期去给他化钱的时候
他的坟前长满了野蒿

我在心里说：爸
我昨晚听见风箱
在风中响了一夜
我好像被什么堵在风箱的中间

并想起了农村、城市
这两个我居住过的地方
我还在夹缝中
爸，在人与非人之间
在精神与肉体之间
你也在夹缝中吗？

第二天，风箱还响了两次
听见风箱，我还是想流泪

2002.10.11

空巢

在树上，也差不多在乡村
到处都是空巢，奶奶说
这是很久以前的事情
或者很久以后的事情

可我现在，看到一个空巢
沿这个空巢看过去
还有更多。奶奶
这是你的预言还是鸟的预言
我看见鸟不断飞走
你预言的事情在不断发生

有人说那其实就是空庭院
那其实，就是爱情在远处飞
而鸟把卵产在沼泽里

奶奶，我打开你住过的木门
天就黑了，奶奶
我看见空巢的时候
你是不是也在树上？

2002.10.11

虫儿飞

虫儿在月光下飞，天河浅浅，时光倒流
虫儿虫儿，一只又一只，它们飞它们飞
它们好看的姿势，比我想象的还有才华

虫儿飞呀，虫儿飞呀，我不会着急
我不会因为日间的尘嚣而打破现在的宁静
虫儿虫儿，只是你们太小，月光也不太明亮
我看不清你们穿着哪种好看的衣裳

但是，你们飞，你们飞，一点儿也不影响
你们一点点，把我的内心点亮
一点儿也不影响，在我落魄的夜晚
想起儿时的小姑娘

2003. 4. 1

槐花香了

槐花香了，我听见鸟鸣
我听见有人喊我的小名，在大溪
大槐树下，跑过两个小美人

两个小美人，比我小多了
槐花纷纷下落
在万州，我无言

2004. 4. 7

沙滩上的木船

卧在沙滩上的木船
三千年前的模样
严肃、认真
和三个木匠待在一起
一任春水东流去

时光如箭，箭落河边
我看见三个生锈的箭头被河沙埋没
玄弓无迹，将军已经走失

这时我坐在木船上
不动的木船，不动的我
像一次小小的咀嚼
我是被船工吃剩的骨头

2000. 3

乡下的鸡

鸡在离上帝最远的地方啄虫
笨拙的鸡，它也啄菜，啄草
它也在阳光的阴影里扑灰
丑陋的鸡，快乐的鸡，不知疲倦的鸡
它甚至不知岁月，更不知节气
不知凶险，也不知世故
乡下的鸡，带仔的鸡，打鸣的鸡
它在乡下翅膀翻飞，精神抖擞
它不进城，进城就成别人的美味

2008. 6

乡下俗物

有多少乡下的俗物
运到城里，就成为宝贝
又有多少乡下的梦想
运到城里，就成为弃物
只有青草，玉米秆，仍站在原处
不吃不喝，无梦无兆
我们称之为植物，自生自灭
有人说：你看它们多好
一年一度，落地成肥
成就了多少食物
又养活了多少虫

2008. 6

漂泊的云

奔跑的声音。他的散漫和飞翔
落在了我的头上。漂泊的云
你能不能带我
抄近路回家？

让春天变绿，夏天变蓝
跨过河流和草地
只有云走得最高
他微笑着入世，出世
将奔跑的声音降到最低
在郊外闲游

我也静下心来，母亲哪，妻儿呀
一把椅子放在白云下
我需要歇一歇
让白云尽情去漂泊，去漂泊
我管不了那么多

2000. 5

大贵石

大贵石是长江边上一块巨大的石头
又大又长，看过去
有一种刚性和霸气
再过两个月，大贵石
就要永远地沉到水下了
我问大贵石：这个，你知道不知道?
大贵石不说话
它可能不知道，或者
它装着不知道

2003. 3. 29

平湖

平湖万顷，是为气度
有我也是平湖
无我也是平湖
平湖万顷，不再提川江之勇
大智若愚，大勇若息

2006. 12. 19

阴沉木

此前我是真的不知道这些木头
黑色的面孔，凝重的过去
但它坚硬，性格晦涩难懂
当你凭着好运与它相遇
它告诉你：兄弟，长久的掩埋
你就会脱胎换骨
宠辱两忘，无欲而刚

2006. 12. 19

走过天仙湖

柳丝不分季节，只要有风，它们就分心
这样的秋天，我要用更多的心境
才能体会它们的倾斜
从北滨路往前走，是天仙湖
我想，白鹤在哪里都是雪白地飞
白鹤与柳丝，都是些唯美的事物
我站在它们中间，边看边走
没风的时候，就把枝条伸直
有风的时候，就把翅膀缩小

2007. 11. 21

云水巫山

到过这里，就有回忆，而且明白
经历过坎坎坷坷，还可以荡漾
不需要伸手其中，所有的空白
都可以用想象填起来

巫山深处，云水无家
鸟鸣其间，不见踪迹
什么凡俗，什么琐事，我喊一声醉
我的云，我的水，以手抚额
我体重三克，随意漂浮
在流水之上，荡漾即是自由

2008. 11

《李尚朝诗歌品鉴》[①] 诗选

《李尚朝诗歌品鉴》是中国现代诗歌史上第五部个人诗歌鉴赏集。这是一本充满灵性和智慧的书。书里汇聚了著名诗评家蒋登科、诗歌研究人员、网络诗人和读者撰写的赏析文章，没有刻意，没有生硬，没有造作，只有自在地读，随心地悟，随性地写。在这本书里，诗人用文字拷问心灵，用语言构筑起自己的精神家园，他提醒我们，不要走得太快，等一等落在后面的灵魂。

——青年评论家、诗学硕士　袁飞舟

① 《李尚朝诗歌品鉴》，由诗歌评论家蒋登科主编的一部李尚朝个人诗歌鉴赏集，2006 年远方出版社出版。

大雪

我在十一月看到一场大雪
一场大雪，漫天飞舞，失去方向

十一个人在路上走着
十一个人被雪风吹打
他们倾斜着身子
十个向后，一个向前

大雪来得正是时候
十个人看见了仆伏的草
一个人看见了站着的树

我在十一月看到一场大雪
像多年前的灰烬漫天飞洒
一个人站着，像多年前的一团火
雪花硕大，他一语不发

2000. 1

蚂蚁

蚂蚁在歌唱，你听，真的在歌唱
在我们看来，蚂蚁搬着可怜的食物
其实它们手臂挽着手臂，眼睛打量着眼睛
它们搬运的食物，够它们活

蚂蚁有时缄口不言，秩序井然
它们并不关心我们喝酒，跳舞，嫖妓
它们把目光盯在自己的生活上
它们干活，贮藏过冬的食物
它们眼明心亮，不要以为它们真正庸俗

蚂蚁知道我们这些庞然大物
都是一些假象，暂时活动着，不按它们的规则
而一旦倒下了，它们就携儿带女，熙熙攘攘
像打土豪分田地一般，把我们很快掏空
包括我们好吃的嘴和好色的下半身

2002. 8. 23

火车驶过平原

远处的山，侧卧着
它淡淡地笑一笑
稍远的地方，那些树
略为矜持，对我们不太注意
而大片的麦田，真安静啊
黄黄的，一点也不在乎我
只有近处的白杨
它们疯狂地挥手
却一晃就过去了

2002. 5. 27

墙边的花

墙已斑驳，而花还灿烂
是的，灿烂
灿烂这个词已经用旧
甚至被人厌恶
这不怪花，只怪
看花的人变了他的心

而花还是灿烂
在我写到的时候，它灿烂
我相信三十年以后
墙已坍塌，而花
那时候的花
还会灿烂

2003. 4. 15

水伏在水的背上

我看见水伏在水的背上
共同仰止，集体向前
像我儿时伏在父亲的背上
偶尔抬头，父亲走，我也走

河流向前流动，我独立生活
我仍保持父亲的姿势
水仍伏在水的背上
我多灾多难，河流浪随风起
我平安幸福，河流波澜不惊

水伏在水的背上
我固守着我的灵魂
父亲在前头走
水不断地向前流

2002. 12. 26

说到光

我第一次说到光，它耀眼而炫目
众人仰望，遍地流淌着激情，
光在喧哗，光在覆盖，
我看不清四周的人形
我第二次说到光，它还亮着
我可以用经验与想象加以描述
包括它的色彩、亮度和切肤的感触

我第三次说到光，我已经累了，黄昏来
临，一个人在夕阳下面走，有人说：
“孤独的行者，用尽你最后的骨血，
你一定能走回家。”
我第四次说到光，已是一片漆黑了，
我坐在屋檐下，一点微光在远处
闪着，我必须睁大双眼，死死地
盯着，我怕一眨眼，它就消逝了，
我就会冻成一个冰块
我第五次——我不知道能不能等到——
那是什么时候？而光——，而光——

2000. 11. 20

过去了

半夜。父亲含糊地问
“过去了么?”
我们都迷迷糊糊
不知道他指的什么
母亲说：“啥子过去了?”
父亲不吭声，天快亮的时候
他又问：“过去了么?”
我想他一夜都在梦中忐忑着
就答：“过去了。”
他终于醒来，喃喃地说
“过去了！过去了!”
我一直不明白到底什么过去了
问他，他说记不清了
只记得天一直不亮
好多人过不去，天亮的时候
有消息说：“过去了。”
他就清醒了
当天，父亲平静地离开了人世

2004. 5. 13

玫瑰

我曾经写过玫瑰，闪光的玫瑰，富贵的玫瑰，
一些词都被用烂了，现在
玫瑰到处都是，一个小女孩说
“买一束吧，送给你身边的姑娘。”

我刚刚认识的姑娘，等一会儿就会消失
而玫瑰在眼前乱晃，我问：“真的假的？”

小女孩说：“你摸摸呀！”我摸了一摸
跟姑娘的肌肉也差不多，跟塑料也差不多
姑娘问我：“真的假的？”并挤眉弄眼
我望了她一眼：“你是真的假的？”
她说：“不就几朵花嘛！值个什么钱？去！”

2002. 1. 4

痣

突然之间发现了这个标记
有些惶恐，别人都说
“这不是我的错，我们以前没看见!”

岂止你们，我原来也没看见
它小心翼翼地长了这么久
也难为它了，只是没有理由
让它活到现在
像一个小小的墓穴
不知道会葬送掉什么

2002. 4. 22

车祸

哗的一声，就这样摔坏了
车厢里爬出的人说
刚才的一瞬间
比整个旅途都还长
有的人一动不动
就去了远方

2004. 3. 30

一节旧火车

一节旧火车。一个女人暂时坐在上面
她一捋头发，就显出了她的妩媚

一个男人走过来，大声说
“下来!”
那个女人把他望了一眼
有点胆怯，她从旧火车上下来
又从另一个方向走了

那个男人失望地站在那里
女人头也没回

2002. 5. 27

麦子黄了

麦子黄了
麦子真的黄了
它们整整齐齐地站在微风里
一点也不害怕刀子

2002. 4

走夜路

我无法用理智来观察这个世界
脚步轻了再轻
还是被幽灵收藏
荒郊野外，一盏孤灯
它是怎样跨越时代
到达今天，使我虚弱?

我一再回忆，这些年
有没有做什么坏事，可是
为什么却像小时候一样
害怕一只蟋蟀的轻鸣?
我反复把自己放松，可是
夜晚还是那么黑
我说：不可能

2002. 4. 22

夜晚

夜晚，我试图把所有人吵醒
可夜晚实在太黑
他们不知不觉
像深渊一样，令我不安

夜晚，醒着的人是那么可贵
他们在黑暗中即使很薄
但却透明。透明
这种色彩，令我敬畏

2003. 3. 27

鸽子

只有一只鸽子，这是天空
唯一值得兴奋的地方

一只鸽子，它代表生命与飞翔
一只鸽子，它把沉默打断
一只鸽子，同时
它用自己小小的黑色
把一小块天空照亮

我自言自语，念出我的诗歌
又一只鸽子飞了过来

2000. 5. 27

阴天

阴天，朴素如水
简单的美被我唤醒
风吹过树梢
既无修饰，也无夸张

我放开想象，让爱情在时空里萦回
人性的美在阴天格外厚重
像天上的云，一眼望不到边

阴天，华丽的景色都被删去
一个少女走在林间
她与我相遇
恰似一个约定的秘密悄悄到来

2000. 5. 27

一棵树

一棵树，用它的绿色和葱茏
用它的宁静与大度
坐在我的对面，一棵树
好大的一棵树
它不需要掩饰什么

它端坐着，睿智而深刻
在阳光下吐纳
在微风中晃动
逸然而不失理智
在生活中，与我平起平坐

它说：不
我不仅仅是植物

2000. 6. 27

车上偶见

一个老头在我前面的座位上连说了三遍
“这是五桥！”他说第三遍的时候
我注意到他在一个更老的老人眼前
伸出他的五根指头
那指头有些枯瘦，长着老年斑
他把五根指头合拢，指着车窗外的新城
又大声说：“爸爸，这就是五桥！”
那个更老的老人缓慢地转了一下头
他的脸上有更多的老年斑，他的样子
比我去世的父亲还老很多
但脸上有一层淡淡的喜色

2004. 6. 24

一洼积水

一洼积水，在阳光下
它的亮度不比我的诞生更轻
它炫目的光，沿边缘转动
让我重新想起以前的错误

它将青山映下，在雨后
将楼房映下，真诚、纯洁
透明的思想毫不挑剔
尽情容纳
比我大度，比经验
更说明问题

一洼积水，这简单的事实
比我想象的更美好
在城市之中，雨后
它带来短暂的辉煌
小小的，毕竟让我看见

2000. 7

上楼梯

上楼梯我需要转弯
这没有理由
几十年我一直都这样

但现在不同
我从楼梯口向外望去
山外青山，楼阁隐显
我就是转弯
一下也过不去

2004. 3. 29

在梦里有个地方我回不去

总之我迷路了，在梦里
我怎么也找不到那个居住的地方
我知道自己在做梦
不断对自己说
不要醒啊，醒了
就更回不去了

2004. 9. 3

彗星

彗星拖着长长的尾巴，在天空中飞
它不为别的，只为好玩儿
只为我们的乐趣与童贞

只为我们吃惊，只为我们梦
彗星，其实睡了，它貌似醒着
我们看一会儿，就不看了

但彗星它还是在飞，我们都睡了
它飞，是在另一个地方
与我们睡了，也并没有什么矛盾

2002. 8. 23

橙

是日，橙还是完整的
然后被你纤纤的手
持刀削皮
月牙的小瓣，被打开
充满了汪汪的水

是日，橙进入樱桃小嘴
温顺，规矩，一点也没动弹
过了两天，未被吃掉的橙
就腐烂了

2004. 3. 17

昙花

美好的事物总在避让
像那些阳光下灿烂的语言
肆无忌惮地表白
已将人心打乱，这世界
毫无秩序可言

而昙花从黑夜的烟雾里起飞
深邃的意志在孕育中闪现
哦，何等艰难
在无边的夜色里
除了黑，还是黑
除了昙花，再没有第二盏灯

但生命常常是这样产生
在宁静的豁口，大叫一声
虽然短暂，余音却会永存
像来自天堂的信使，带来灵气
光焰永不消失

或者像永恒的葬礼
将悲壮堆起来，抛开去
散乱的花英残落四方
零落成泥，在智者的眼里
它是燃烧了，序幕已经拉开
混沌的涅槃，是早晚的事

2000.8

鸟飞绝

你飞走，我折翅
在八百里外
同天同地，不同甘苦
鸟飞绝
人踪灭
灯油尽
夜夜黑

2005. 2. 7

打马过秋天

打马过秋天：枫子！枫子！
一个女孩从琴房里探出头来
我一扬鞭："驾!"
这时音乐响起来，枫叶落下来
她说："哥哥，你真好玩儿!"

哥哥戴着小红帽
骑着竹马提着灯
他问那个小姑娘
"你知道桥在什么地方?
你知道有个小精灵
小小的，爱情的种子
在什么地方?"

那个小女孩
她昨天关上门

今天水灵灵

她说：哥哥哥哥你的灯

你记下我的心事

别提你的爱情

2002. 4. 24

江风吹拂

江风路过我们的面前
放低声响，不忍将我们打扰
妹妹，江风跟你一样
依恋着这样的傍晚
乖巧，羞涩而紧张

它指我们看天上的风筝
和缓缓的流水
哦，妹妹，风筝已飞到高处
透过江风看你微笑
流水潇洒而大方
静泊的轮船隔着薄雾，有点远
它们看不清我们怎样相依
便点亮了塔上的灯光

妹妹，听你说起童年
河堤深情地拐了一下弯
下午七点，西山的钟楼

都忘记敲打了
它可能知道你的手臂微凉
脸潮红，有点发烫

妹妹，江风轻拂，我在想
好看的鸟儿都收起了翅膀
它们正抚着爱人的软羽
睫毛轻扬

2005. 12

海边那温柔的风

首先是风的一再回头和追问
然后她目不斜视，一串笑声
她说：让我变个鸟儿，落在你的肩头？

她带来的清新和幽香
将我头上的青烟赶走
那个南来的小精灵
让我不止一次失掉了言词
在海边，沙滩上
我梦了一生的风她来来去去
把阳光弄得飘飘浮浮

我说：最轻的栖息会有最重的回声
一段时光远去，美丽的开始
会不会是忧伤的结束？

像雷电，带来颂诗，也带来灾难
像一个迷路的人，遇上

另一个迷路的人，那风
她吹呀，吹呀
把我带到天堂的深处。我回转身
会不会空无一人？

2002. 4. 9

《诗画江山》[①] 诗选

在当下的时代，从李尚朝的这些诗歌中，我们依然看到了那种理想的高昂与不懈的追求，在一个沉重的年代，一个奔跑的时代，慢下来，停下来，放轻自己，放空自己，倾听自己的心灵的呼唤就显得犹难可贵。

——中国新诗研究所硕士研究生　李卫国

① 诗集《诗画江山》，李尚朝著，2015 年团结出版社出版，曾获第三届相约北京图书奖一等奖。

视听江山

宁静啊，荡漾啊，我在江山之间
如果我是一叶轻舟，听不见李白的猿鸣
那一定有轻风的问候，把酒临歌
那些划过水上的余波把我送远
从此过上逍遥的生活

如果万山红叶洞察了我的寂寥
我就放下想象，静静地燃烧一回
在神女峰下，起云峰前
揽几片闲云，听风生水起
看云卷云舒。一抹江山，有红有绿
有泼墨，有渲染，随大雁的长啸
送走夕阳，在传说中回首
品巫山云雨，忆万世缠绵

2014. 11. 15

对视文峰塔

烟云包裹的地方，它静静端坐
我看到的也许是塔，也是
是从前的一种想象与虚空

它来自刹那中的一种缘
从无到有，从有到生根
是我突然遇到的经幡
直立在巫峡的文峰山上
它在想，我这个人
曾经出现，即将出现
或者，已经出现
与它对视，这是必然的事

2014. 11. 15

石器时代

我来自大溪，看见一个时代
在那里磨制石器，打鱼，打猎

茹毛饮血，天气不太完美
一个体态干瘦的男人
在火中发现了陶，他埋下圆形图案
就粘上了后来的鱼纹和甲骨

日升月落，夏启商周
一层层的墓地上，留下青铜和金玉
在某一个艳阳天，大幕开启
一个时代从泥土里翻出来

我的如意，我的太极，我的大溪
看着这一片一片的石器
我想到遇难呈祥，天下大吉

2014. 11. 14

御赐忠州

那一年，那一天，那一卷朱笔
让许多名字恣意流传
让江边的一座小城披上金冠

秋风起，寒霜降
二十四史，将一种品格嵌在江边
扬鞭的男子，捋须的先生
他们将一生放在一个汉字里
为国为家，激情四溅

尔后时间久远，我至忠县
作为街上的行人，我微微呼吸
想把那种皇家的气息吸进肺里
一边想，一边看
有水，有橘，有人吹笛，有人聊天

2015. 2. 23

小南海地震公园

六年夏，五月壬子地大震
是为我们面前的小南海，一汪碧蓝蓝的水
精美绝伦。我继续想：
这么一次简单的旅行
冷风吹，柔弱的女子缩住衣领
面露惊羡。而锥形巨石，浮在水面
向下看，半面倒映
水太深，不成人形
我继续想：后坝乡，三百户人
潴为大泽，延绵二十余里
因年代久远，由凄而美

2006. 12. 21

明天我要悄悄出城

哦，我的眼睛亮了，朴素的西兰卡普
那不需要我的抒情，院子里正唱着木叶情歌
西水河边，桃花源地，我的心眼小了
仗着苦荞酒，我要醉
明天一早，我要悄悄出城
跳着摆手舞，手牵小情人

2006.12.21

木格窗有很多孔

你若是我，也会凝望旧时容颜
小天窗，阳光斜射，石磨宁静
放慢脚步，轻入轻出
随意打量，木格窗有很多孔
很多年，若明若暗，风雨如故

2006. 12. 22

龙潭有过乾隆行宫

门外卖藤萝，隔窗有红烛，嘘，小声些
在乾隆的行宫，可以听川戏，抚箭琴
听冉仲景敲牛王鼓，但不能坐宫妃床
宫床太旧，受保护，怕你消受不起
那么半小时，也就够了，时光已旧
回家赶考也来不及了，不说务农
写写诗，作作文，闭目养神，喝喝小酒

2006. 12. 22

雪里红

人世有沧桑，我有雪里红
我有可以微醉的酒，供来年回味
并将想象带在身上，像这年的鸡尾酒
抿唇而启齿，醉在美人的睫前
可以浅浅地，浅浅地爱
就像没发生过，那些过往的美
不必负什么责任

2009. 1. 17

曲水流觞

话说流杯池，与诗歌有关，与我也有关
话说流杯池，都是些陈旧的故事
我左看右看，找不着流来的酒杯
我大呼：黄庭坚，有诗千年，而今无酒
你个鸟诗人，飞到哪里去了
留下一地灯光，留下一地悲凉

2009. 1. 17

明月清风

江上明月，有红酒，有青鲢
夜半笙歌愈去愈远，且不说秦淮河
且不说后庭花，只说这年三月
一江春水，说与知音共赏
把酒话山城，不话桑麻：那种野趣，那种促狭
今天，我心如琴瑟，说的是
花非花，雾非雾，只一举杯
就有人喝彩，我们是江上的神仙
只喝酒，不狎妓；只清谈，不含怨

2009. 1. 17

布萨

六时布萨，尘土不惊
某日，施主路过古色回廊
不明所以，向内探望，布萨高挂
而他不明所以，定神细看
来往处，空无一人
集众无力，只得独行而去

2008. 10. 13

古钟悬于檐前

破山去了远方，古钟悬于檐前
香烟缭绕，寻不到救世的灵药
也寻不到渡河的舟楫
叩头的人念念有词，手捻佛珠的人
他听不清蚊蝇的声音，偶然抬眼
古钟悬于檐前，破山去了远方

2008.10.13

廊下菊花匾

内藏经书，我闻香而过
我带不走菊花的清静生活
它的颜色即将褪尽，而我无法久留
那就让禅意驻此，供人参悟
回廊回廊，菊花菊花

2008. 10. 13

去去烟波

去去烟波，原来是在天仙湖上
他们伏着水面，一起飞，一起飞
在清晨，一齐向着东方，他们要带我
去到柔软的地方

凌波飘洒，去去，是一种绝美的神态
以梦想为翅膀，以丝帛为坐骑
在这样的清晨，让记忆在湖面追赶
又轻又薄，斜飞的水鸟，目光无法切割
它们偶尔鸣叫，声波所触
去去烟波，流动的美，谁也无法阻止

2009. 11. 23

白鹭逸飞

它们把湖水弄得荡来荡去
白鹭逸飞，我沿岸而行
我以为不会把自己弄丢
有人叫我，醒来发现
浩渺江水，白鹭也可以
成为摄魂的陷阱

白鹭不是诗，也不是灯
但清晨的薄雾被它们穿透
仿佛自诗经来，仿佛自南山来
它们设置的场景
是轻灵，是飘缦
是少女的眼神划过初恋的瞬间
白鹭逸飞，水弥漫，我悠然

2008. 11

艳遇是一个虚词

一场雨，一把伞，一次擦肩而过
一渠水，一间桥，一道迷离目光

在丽江，都把太多的想象寄托在别人身上
像某个梦境，某些人
不过是想象的影子，他们无声无息
面带忧郁的憧憬，不知在哪家小店回头

其实都带着人生的厌倦
有多少水车，有多少银镯
像异乡的头饰，相互间看一眼
有多少打量，有多少揣度
内心的艳遇，它是那么虚弱
像一个虚词，一声叹息，一声欸乃
别人是迷离的，你也是迷离的

2014. 9. 14

云南王

云南王，我不是你的臣民
但我爱上了你天空的芬芳
你七彩的嫔妃，今天我代你宠爱

云南王，这四季没有深浅
那么多的鲜花，铺满我的梦境
你屋顶的光明，通向云中的太阳
今天我热情四溅，就代你享受
这样巨大的屋宇

带上四方的歌舞，带上你的群臣
我把春天吸到心里，让白昼越来越长
我代你管理这缥缈之城
打开每一扇门窗，都有彩云飘出
打开每一扇耳朵，都能聆听苍山洱海

趁我年轻，趁我精力旺盛
我要巡视所有充盈的田野和湖泊

鱼虾欢叫花朵轰鸣，我把这里
当作自己的国家，不关门，不上锁
如果有谁带着诗意的目光
我就代你禅让，每个人
都可以尽情地打点江山
做个潇洒的云南王

2014. 9. 15

草垛上的夕阳

是草垛把上帝叫醒，并打开黄昏的门
让我回到文明时代的梦景
看光的舞蹈，在自然中纷呈

燃烧的草垛，朴素的祭坛
我是来自城市的刺客
巨大的寂静，喧嚣无法摧残
我只能噤若寒蝉，任晚风将我洗礼
陌生而孤立，像世界的弃儿
在这样的黄昏，被夕阳收留

2009. 12. 1

数桑麻

桑麻不数，只数田埂，一湾十湾
从桑树下经过，头顶碰着了喜鹊
有人吃吃而笑，我回头四顾
糊里糊涂就做了一回新郎

这像是书上的旧时光，美丽动人
它翻开我幻美的心，在乡下逗留
有黄狗拦路，有树枝牵衣
我当然不能乘兴而来，败兴而归
我要在桑麻间，住一阵子，看一阵子
然后想念一阵子，回忆一阵子

2009. 12. 1

一只孤鹜与另一只孤鹜相逢

滕王阁前，王勃的落霞里
一只孤鹜与另一只孤鹜相逢
在飞翔的想象里
这是秘而不宣的时刻
他们在夜色里远去
像轻盈的灯火
依偎着没有重量的水色
像从未到达的美
消失在从未到达的深处

2013. 6. 24

在深秋，共南山

在深秋，共南山
南山不回，我也不回
一想千年，千年之后
我不是我，南山还是南山
不如现在
在深秋，共南山

2007. 11. 7

小雅

我现在不读《诗经》
但我想念小雅这个词
它礼貌，懂事，毫无矫情
它有韵律，暗含平仄
它让我往前走，遇见行人
点头致意，并在桑林间
收集一些快乐
我感觉小雅，像个娇小的少女
不戴头饰，素面朝天
见到我路过，因无意中的抬头
双颊忽起一抹腮红
我想小雅，它是
我们需要寻找的那个词

2007. 11. 7

如果我来

如果我来，就偷偷去荡舟
在小江的淡水里，我摇一支桨
让船儿暗暗地偏，但不至于倾覆
如果我来，你不必开口，在秋天
叶子红了，羽毛正飞的时候
你往前看，往后看
都是我送你的礼物
半江是湖，半江是山
还有一个小岛，你想取的时候
就赤脚上去，上面有好多落叶

2007. 11. 7

相约去锦里

锦里，为我养着一只千年的精灵
上帝派我今夜来领

路过康定酒店，我遇见手持经筒的少女
她说，拉姆初，拉姆初
有人为你献上千年的指环
你要把千年的修炼
还原成一段千年的奇缘

2014. 7. 12

石头房子

如果看到草原上的石头房子
它的屋檐一定是红色的，带着尖顶
从檐下走过的女孩，美若风中的铃声
她的名字叫卓玛，一定有长长的头发
如果我碰巧出现，一定会学习骑马
扬鞭驱赶路上的羊群，如果有人问起
我就说，阿勒，我来自桑吉家

如果碰到有个百岁老太从寺庙回家
我要叫她奶奶，她如果要我猜
她们家孙女的名字，我会打着响指
高声回答：拉姆初——

2014. 9. 15

云中花海

现实多么喧哗，现实多么孤独
把灵魂暂时搁在这儿，歇一歇
它已经太累了

一个奔跑的时代
需要坐下来，看看我们曾经的来路
那些波斯菊、鼠尾草、醉蝶花
那些我们在梦里去过的地方
现在偶然相遇，让我们坐下来
歇一歇

今夕何夕？可以问，可以不问
这样的时光不多，把头抬高一厘米
把眼光在云雾间歇一歇，发发呆
你看它们，柔得像我们遇到的一次小飞行
它要带着我们，变成一片羽毛
只需轻轻一动，就成忘我
就成一首飘缈的诗

云中花海，它刚刚从这个世界醒来
姣好的面容，青春的气色
它不知道我们远道而来
花朵们笑脸相迎，我们一定要欢乐，宁静
像它们一样，假装是这个世界上的一朵花
盛开着，灿烂着，我们不要说话
它们不知道，我们坐一会儿
就要匆匆离开

2014. 6. 18

静听落英

微风向两边散开，我来得不是时候
此地落英，一场伤逝，一场动情的美
已不可用来赞美，是缕缕繁花
一生的等待，却没有等着我的到来
便随风而转身

六月，夕阳那么完整，色彩那么轻灵
一次落英的邂逅，便记起生死情缘
有的人，有的花，是一次结盟
有的人，有的花，是一次惋惜

即便是一次惋惜
也要有一颗惋惜的心

2014. 6. 18

我若沉醉

我若沉醉于这深巷
我若沉醉于这灯笼
我若沉醉于
一个人的身影，一个人的木楼
一个人的暧昧与温润

我若沉醉于
一种怀旧的光阴
手抚石马，凝望折扇
我若沉醉于
一条小溪的洪水
像一条被呛的鱼
我若沉醉于来来往往的人影
或者记忆，或者寻觅

我的过去，我的现在
我的将来

都是恍惚与徘徊

徘徊于一种美

不能自持

我会被酒香所绊倒

2014. 5. 18

虚弱

看见斗笠，蓑衣，溪边的大佛亭
时光在摇晃，我是那么虚弱

时光那么飘浮，我要扶着哪扇木门
才不至跌倒在一只灯笼的阴影里

一只灯笼在风中
看起来比我还要虚弱
它们在小巷里，我不论说多少好话
它们也不会动心，不会跟我走

2014. 5. 18

竹筒米酒

每次，都尝到了你骨子里的那种美
可天气无常，酒量也有限
就算有满怀的想象与激情
却也不敢说出来

是的，我怕醉

这年五月，我慢慢宽恕了自己
待我走后，酒香就留在记忆里
成为一种隐秘，可一旦进入黄昏
天空变得有古镇的味道
我还是会想起，竹筒米酒
它骨子里的那种美

2014. 5. 18

拉拉渡

不为渡你，也不为渡我
只为渡那一汪浅水
和我们的回忆

其实回忆，也是我一厢情愿
拉拉渡，等我们远去之后
它还是拉拉渡

2006. 12. 12

听天籁

抬头看见天子城，星星没有落下
而烟花正在上升
我把去年的忧伤搁在一边
自由自在，轻轻呼吸
我想：北山有灯，东海有鱼
更远处，有人弹丝竹，舞羽衣
有人引颈张望，听天籁
忘神于山那边，不知所归

2007. 2. 16

《最后的圣光》[①] 诗选

诗人是未成佛的苦行僧，将人类背在身上，负重前行。他是人，他不求寂没，拒绝到彼岸去。他不求把众人度向虚空的天堂，只想把他们留在人间，哪怕只有一点点的希望，那也是最后的圣光。

——李尚朝

① 诗集《最后的圣光》，是李尚朝 2000 年到 2010 年间创作的诗歌的选集，已编定，待出版。

清晨的叫卖声

清晨还有些摇晃
那叫卖的声音就开始了
它让我清醒，让空气
更加干净

它总是将人的注意聚拢，又散开
这声音往南走，在小巷的尽头
我听见回声，把某个人撞了一下
便停了下来

这种停顿，让周围的事物
都匍匐下来，紧接着
脚步声不断响起
天就大亮了

2002. 5. 16

广场的石狮子

不是说简单的事情就可以忽略
不是说重复的事情就成为累赘

我是一次一次走过
一次一次张望
这两个凝固的动物
它们望着我，一丝不苟
从不把任何细节放过
包括我走路时的倾斜
张皇地回头

这两个动物，它们并排着
生活得多么认真

2002. 4. 17

鸟儿在什么地方飞

鸟儿在夜雾中飞，它提前鸣叫
教我如何用翅膀扇动黑暗

我应该宁静下来，我应该对着鸟儿
静静地冥想。鸟儿，鸟儿
飞翔的雾和飞翔的时间
飞翔的我的影子，过去和未来
我应该把握

像把握鸟儿的姿势，我把握
一个人的命运和走向
鸟儿，它飞，真正地飞
是何等的重要

现在，鸟儿离我那么近
它带着韵律，带着生活带着爱
带着冲动和满足
过去的鸟儿，现在的鸟儿

血脉中的鸟儿，大地上的鸟儿
像一道黑暗中刺绣的花纹
它飞着，我不必知道
它飞在什么地方

2002. 7. 13

朝圣的雪

我知道一生的幸福就在今天来临
一生的膜拜，一生的奉献
尽力倾注这纯洁的身子
最后一个夜晚，最后一捧雪
最后一盏灯

最后的力量和智慧，尽力倾注
让阳光来到山头，晨光闪现
世界的黑暗退得远远

死亡又算得了什么
消失又算得了什么
在相对的高度，在不可言及的深处
跟着内心的白，内心的血
在大路上走动，飞逝

心之重重，没有阻隔
生之重重，没有界限

2000. 5

在天空中飞

满天的麻雀在天空中乱飞
天空并不重要
重要的是麻雀

满天的大雁在天空中飞
大雁并不重要
重要的是飞翔

一只雄鹰在天空中飞
飞翔并不重要
重要的是力度

一只候鸟在天空中飞
力度并不重要
重要的是方向

一只失群的大雁在天空中飞
方向并不重要
重要的是精神

2000. 5

过桥

俗事缠身，我不要着陆
我不要岁月里孱弱的露珠

我需要认真的交谈，在桥那面
我需要认真的圈点，在秋天

我是丢下包袱的浪人
怀抱着翅膀
我的翅膀需要打开
我的心灵需要打开
在桥那面

在阳光照耀的地方
在流水歇息的地方
当我说出最后一句话
在桥那边
我不会为今天而惋惜

2000. 5

说出

当垃圾充斥着整个城市
更多的是腐肉的味道
和被欲望烧焦的熏烟

鸟说：让我们用翅膀振救天空
草说：让我们用蔓延挽回大地
老人说：让我在广场上坐着
任凭不争的现实把我的眼睛打湿

我说：我要大声朗读
我旧日的诗作，第一个站起来
将我的浑身洗净
换上干净的衣服
我要像年轻时一样
热烈而奔放，站在高处
我说：你看你看
那远处的流水
那灿烂的云

2000. 5

垂挂

我十岁的时候，说起垂挂
就看见遍山的松针
想起在雨天，檐前密密的滴水

接着有人说起冰川
有人说起瀑布
有人站在我的面前，长发低垂
我只是发了一次呆
二十年就过去了

现在，速度越来越慢
从沉沉暮云，到漫天大雾
从玻璃幕墙，到灵堂黑布
有的人站着讲话
有的人上吊自杀
我想起一个词：垂挂
意思是：钉在中间
不上不下

2005. 6. 1

出城

这年月，要想出城，只有抬着棺材
我坐在棺材里，十二月结束
真正的人生才开始到来

我听见有人喊："出——城——啦——"
从前的生活，土崩瓦解
从前的围墙，灰飞烟灭

像一件抽象的道具，我结束了许多无奈的情节
只有这个时候，我听见音乐
我听见前世的仪仗，他们合唱

他们的合唱是真实的，无所顾忌
大雨喧哗，我听到一些真心话
我坐在棺材上，轻松地喊一声
"出——城——啦——"

我厌倦的嘴脸，变形的目光

我厌倦的腐臭，肉眼无法看见的伤痕
像纸幡一样，被风吹去
出城啦！我坐在棺材上
你看不见，但我忘乎所以

2002. 8. 23

都市丛林

所谓丛林，就是老虎，狮子，虫虫，蚂蚁
夕阳燃尽，老虎穿上花衣，来回走动
我在拔地而起的高楼之间，短暂地思考片刻
怕上帝发笑，就低头急走
虫虫，蚂蚁，虫虫，蚂蚁，我正走在它们中间

2007. 1. 1

走过垃圾场

看似红墙绿瓦，却总是臭气熏天
我不知道是什么在内部烂了，只看到硕大的苍蝇
来回追着我看，衣饰光鲜的人照样发情
他们指指点点，把笑声和毒气搅在一起
只有头发散乱的老者，没人模仿
他一边翻捡，一边说
知母，当归，寻骨风，还阳草，空心莲
所有的药，都有，快烂了

2007. 1. 3

傻瓜

傻瓜见人就笑，嘿嘿
没人理他，傻瓜还笑，嘿嘿
直到晚饭后
傻瓜嘿嘿，上床就睡
我思前想后，为诸多事
气难顺，意难平
起身翻书，书上说
“所谓幸福，就是瞌睡多
什么也不用想，躺下就打鼾。”

2005. 7. 11

蛇到禅房

吐舌头，藏绿胆，毒蛇行到禅房
它不读经书，不听民怨
偶尔看到祈祷的少女，蜿蜒而行
不需做什么鬼脸，自然引来一片惊叫
不说布施，也不说爱，毒蛇总有毒蛇的法则
来去无踪，会说的八哥总被它裹进小腹

2007. 1. 3

天气预报

天地有多大呀，有的零上二十，有的零下三度
有的瑟瑟发抖，有的心满意足
旁白：同天同地，有的热，有的冷
有什么好看的，谁不知道呀，傻猪

2007. 1. 1

羊羊羊

这是一句温柔的台词：羊羊羊
语气一直下滑，钻透我的骨头
美女的小蹄子不停地刨，在连续剧的间隙
她性感，暖意十足，她说羊羊羊
我身上的毛就越来越少

2007. 1. 1

一路南下

一路南下，铁锈钱啊，旧纸张
我只是你的小尾巴
一路南下，百兽复出，虫豸爪牙
众人晕眩，晕眩。狂欢，狂欢。傻，傻

2006.12

新年好大雪

新年好大雪，地狱都被掩盖起来
小女孩已不卖火柴，她到城里打工
领不到工资，火车继续开往她的家乡
她沿着行道树，茫然向北行
看到冻死的蝴蝶
至死都不肯合上美丽的翅膀

2007. 1. 11

中世纪庄园

时光依然老道，夕阳还是血红
庄园的围墙合拢之前，快马追赶着农奴
他们拼命地逃跑，一直跑出电视画面
当我清醒过来，窗外的挖掘机已经开过去了
旧砖墙扑起小片的尘土
钉子户已被警察带离

2007. 1. 1

大东方

大东方，多么神奇的地方
我却衣冠不整。特别是最近几十年
我都衣冠不整，却自以为时髦
忘记在这片土地上，那些古人
穿戴整齐，彬彬有礼

2006. 12. 21

木子树

木子树，叶红了，我也想这个样子
站在风中，美几天，任人看
这样的时光不多，过几天叶就落完了
光着枝丫，落满鸟粪，无药可医

2007. 1. 1

工友说

前世有旧仇，今生无新恨
老板，你何苦视我如草芥
随踩随踏，随种随拔
在日下挥汗，把寒风捂热
下些苦力也就罢了
如果这年关成了停尸房
你进得，我进得，今年到明年
也就一天，中间是一片废墟
你可以开花，我也得发芽

2007. 2. 16

洗衣的妇女

城市的中间有一片空地
空地的中间有一条溪沟
溪沟的中间有一个水凼
水凼旁边有一个妇女
她抖开她的脏衣服
从一个破洞里看见了高楼
她把衣服揉进水里
打湿，用棒槌狠狠地打
她每打一次，都抬一下头
她每次抬头
都看得见对面的高楼

2005. 7. 11

麦苗麦苗

平原上，大片的麦苗都长起来了
在料峭的春寒里，茁壮，茂盛
我在想，如果中间有山
就会看得更远，又如果
有人登高一呼，那麦浪
会不会此起彼伏？

2006. 4. 3

金针菊

露湿霜重，出身寒门，淡淡地开在远郊
它柔弱已极，呼吸从针尖里出来
却掩不住无形之怒
手无寸铁，心怀利剑
小小菊花，竟已修成人形

2007. 1. 11

在黑暗中被风吹散

夜晚总是要来，而星光不怕等待
星光就是在远处望我的那个人
她在黑暗中闪亮，却又将
被黑夜赶走

黑夜不会顾及我们
孤独的风，一再穿透我们的血肉
从东边进去，西边出来
我抓不住任何一点实物

而将被风吹散的
还有我的骨头

2002. 8. 8

我漆黑一团

我漆黑一团，在院子里辗转
左走三步，右走三步，然后返回
我漆黑一团，在这样的日子里
我什么也看不见

早上赶车，下午下班，走过一个小巷
行人如影子一般，一晃而过，一晃而过
回到家，吃饭，上网，有时做爱
我漆黑一团，什么也看不见

爬行。像虫子一样，咬着另一个虫子的尾巴
我们整整齐齐，一致向前，而后面的一个虫子
也咬着我的尾巴
首尾相连，无始无终，无止无尽
我爬行。一天又一天
直到耗尽生命
我漆黑一团，什么也看不见

2002. 8. 9

验证

谁在等我？这一生，你不妨说出
什么样的日升月落能真正阐释我的骨血

陌生又陌生，没有尽头的长廊
像我在梦中遇见过的马蹄
它们远去了，把我留下
唯一的跋涉，孤独又孤独
一个人的影子倒拖在地上，有天地那么长

一个人的一生啊，像一个人的未来那么抽象
我总要告诉你，人不会老，天地不会老
我总想把风声弄得很大
我总想把礁石粉碎得像白练似的月光

而一双旧鞋穿在我脚上，一件旧衣服
总被荆棘挂破，劈头盖脸的风沙
把我的脸打得像密集的弹坑一样
光阴一寸一寸地流逝，光阴中的孩子

他抚去旧伤，又有新伤

有人说：山峰倒下了，大地不会倒下
大地倒下了，天空不会倒下
你倒下了，命运不会倒下
命运倒下了，光阴不会倒下

还有什么不能倒下呢？我仿佛站在
光阴够不着的地方，如果光阴倒下了
我用什么验证：我的血肉和面目

2002. 8. 17

我就碎了

我无法将你点燃，就合上我的双眼
我无法让你抬起你软弱的头
我无法救治你下半身的瘸疾
我无法不流泪

风啊，它一个劲地吹
草啊，它一个劲地腐烂
看到的春天我没法抓住，它一晃都过去了
夏天，天气太热，秋天，云层太高
而冬天，一片冷寂，它没有回应
无法救治，我无法不捶胸顿足
我无法抵抗四季的寒冷

被冻结，我知道，这意味着凝固
用一把锤子，轻轻一敲，我就碎了
那些颗粒，你看一看
晶莹剔透，有棱有角，一点也没有杂质

2002.8.9

漂着

我漂着，血液漂着，骨头漂着
我漂着，时光漂着，思想漂着
我漂着，痛苦漂着，幸福漂着
爱漂着，恨漂着，一切漂啊

如果我无法漂了，你也无法救我了
就用一把火，把我埋了吧

2002. 8. 8

一支蜡烛闪着微光

在寒冷的夜里，一支蜡烛
闪着微光

一支蜡烛
闪着他一生的经验，一生的诺言
一生的感悟与伤怀

一支蜡烛，像钟声
在静静的夜里敲
简洁而柔韧
坚定而悠扬

一支蜡烛，闪着微光
像我看到的一样，像我一生
注意到的情景
这情景不可多得
像我乡下的爷爷
在山风里呼着他最后一口气

2000. 6. 20

蝴蝶之死

一只蝴蝶死去
千万只蝴蝶诞生

一个冬天过去
千万朵鲜花齐鸣

一只蝴蝶因花而死
千万只蝴蝶因花而生

蝴蝶，我站在春天的花丛里
看见了不死的魂

2000. 4

石头对石头说

一个石头对另一个石头说
不要因为花，有红有绿
不要因为草，有生有长
不要因为那些人，吹吹打打热热闹闹
让我们静静地
在天地间，被日月照耀吧
在季节里，被风雨冲刷吧
只要我们保持石头的性格
千年以后，我们还是石头
而从前看见过的那些
都已成了风

2003. 5. 19

森林故事

猛虎已经离去，山林重归平静
趁着短暂的好时光，兔子们努力吃草，产崽
麋鹿也尽情交欢，展示好看的角
它们知道，猛虎还会回来
但春天是自己的，与猛虎无关

2006. 2. 19

明月出深山

近日云重，天空不易打碎
皎皎明月，出自深山，我已蒙昧多日
就让我多看你一眼

不把酒，不流泪
不牵肠挂肚，不空说拯救
暂时放弃睡眠
明月出深山，最干净的还有这个时刻，这个夜晚
春风不度，凭此祛寒

2006. 1. 3

铁线草

我也一样，在衰草连天的日子，匍匐地上
趁着天空如洗，看看那干净的云
那么多珍奇的植物都已经灭绝了
我又何必，跟你争来日的短长
世无神灵，必有圣光
来，我们说好，未死之前，都不绝望

2007. 1. 1

通向未来

我们制造奇迹，同时也制造着毁灭
如果毁灭必然降临，拯救它的只有爱
只有我们共同的爱，守住时间的缺口，我相信
这个城市的灯光，一定会通向未来

2009. 10. 2

最后的圣光

一眼向北，黑云压弯每一根小草
手持经筒的僧人，他摇啊摇啊
他诵过的大藏经，正在风中翻卷
他已无力救度更多的石头

一眼向南，遍地的黑呀
狼群不懂忏悔，流浪的人他看不见远方
狂风就要刮起，风沙就要摧毁我们的梦境
那谁的长安，那谁的京城
那谁在黑暗的后面等着写下自己的历史

而有一缕光，他在众人的远方
他努力撑着，像暗夜里天山的积雪
他的静穆，他的寒冷，他的疼痛，他的隐忍
即使被囚禁，也要做一把刀
为他的苍生，为他的悲悯
即使长满了青苔，他也要保持着
最后的威仪，最后的锋刃

2014. 9. 24

附 录

李尚朝创作简表

1985年

在四川省巫山师范学校读书期间，在《星星》诗刊发表第一组诗歌《纺车（外二首）》。

1985－1989年

在巫山大溪小学任教期间，在《星星》《山花》等刊发表诗歌作品。《当代青年散文诗》收录了《水上歌谣》等散文诗六篇。《世界华文现代诗提纲》收录了诗作《诗思五十七》及诗话、简历。

1989－1991年

进入万县教育学院中文系读书，尝试实验性诗歌写作。《山花》刊发了《风原色（二首）》。

1992年

在巫山大庙中学任教期间，创作了组诗《天地之间》，其中包括后来入选全国高等院校汉语言文学专业本科教材的诗作《月上中天》。

1993－1996年

在《诗刊》《十月》《星星》《诗歌报》等刊物发表大量诗歌，其中《鸭绿江》一次用四个页码刊发了11首诗歌，《星星》1994年一年刊发四首组诗。《中国·四川新时期诗选》收录诗作《渔者》等二首。

1998年

处女诗集《天堂中的女孩》由作家出版社出版。该书以爱情诗为主，分“天堂中的女孩”“情伤”“爱着的日子”“迷失的鸟”四辑，收录作者1987年至1998年期间创作的诗歌八十五首。该诗集2000年获《南方都市报》主办的“首届奥克杯世界华文文学邀请赛”一等奖。

《万里长城的旋律——中国当代诗人诗选》（俄语本），由俄罗斯作家协会编辑出版，收录了组诗《挡不住的秋天》。

2000年

诗集《风原色》由作家出版社出版。共分“天地之间”“风原色”“状态”等十五辑，收录诗人1990年代创作的诗歌作品七十四首，其中包括《大溪》等三首长诗。该诗集获“2002年中国（北京）诗歌节”自由体诗集一等奖。其中第一辑“天地之间”篇首诗歌《月上中天》被收入全国高等院校汉语言文学专业本科教材《20世纪中国文学作品选读》。作家出版社《大诗人》诗刊用二十一个页码刊发了该书的评论及诗作。

2002年

与老铁、雨林一起主持《扬子江》诗刊网络论坛。

加入中国当代文学研究会。

由中国作家协会创研部选编，长江文艺出版社出版的《2001中国诗歌精选》收录诗歌《鸽子》。该诗同年被收入《中国诗歌年鉴（台湾版）》。由诗选刊杂志社选编的《中国诗选（2000－2002）》收录诗歌《草垛》。

2003 年

重庆三峡学院何休教授的文学理论专著《诗坛：悄然崛起的三峡诗群》，作为重庆市社会科学规划重点项目出版，书中以专节形式评述了李尚朝的诗歌作品。

2004 年

《2003 中国诗歌精选》（长江文艺出版社）收录诗歌《鸟儿在什么地方飞（外一首）》。

2005 年

成为重庆文学院签约创作员。

当选万州区作协副主席。

2006 年

《李尚朝诗歌品鉴》由远方出版社出版，该书为李尚朝个人诗歌作品鉴赏集。该书为中国新诗研究所所长、著名诗评家蒋登科主编，是一部由诗歌研究人员、网络诗人和读者共同撰写的诗歌评论鉴赏专著，收录了李尚朝诗歌八十七首及评析，另收录诗评家何休、翟大炳等发表在《大诗人》《中外诗歌研究》等刊物的八篇评论文章。该书是中国现代诗歌史上继艾青、何其芳、李金发、罗门之后的第五部个人诗歌鉴赏集。

教育部基础教育研究中心编辑的《阅读版语文（中学版）》由朝华出版社出版，收录散文《再生》，并附三篇评析文章。

2007 年

3 月，散文集《时光之羽》由香港天马图书出版有限公司出版。该书分“时光刻着斑驳的墙”“情感是慢慢吐出的丝”“感悟是灵魂偶然的惊疑”三辑，共收录作者 2005 年以前在《读者》《北方文学》等公开发表过的散文五十四篇。

为改变现代诗歌音律不足的现状，提出“中华现代词”诗学概念，并在《三峡都市报》刊发系列实验性作品。

开始歌词创作，歌曲《神魂颠倒》签约三精唱片发行。

《2006 中国诗歌精选》（长江文艺出版社）收录诗歌《虫儿飞》。

2008 年

《现代诗 300 首笺注》（花城出版社）收录诗歌《鸽子》及笺注。

《中国诗人大辞典》收录李尚朝词条。

加入中国诗歌学会。

2009 年

诗歌《月上中天》被选入全国高等院校汉语言文学专业本科教材《20 世纪中国文学作品选读》，教材收录诗歌的同时，并做了作者介绍及专家述评。

诗集《大三峡那光》由作家出版社出版。全书分“大巫山散曲”“白云下面那故乡”“生命中的大三峡”“初识平湖”四辑，共收录诗歌一百一十二首。

2010 年

由诗评家何休教授编著的诗学教材《新诗创作与鉴赏》以专节介绍了三峡诗群，李尚朝作为该诗群的重要代表，收录了他的《等风起时》《雨水》《绿叶》等七首诗作。该书成为西南大学及重庆师范大学等高校的选修教材。

由诗评家陈仲仪教授编著的厦门大学文学院选修教材《百年新诗百种解读》由安徽文艺出版社出版，收录诗歌《一节旧火车》。《中国当代诗歌导读（1949－2009）》（作家出版社）收录诗歌《出城》及赏析。《2009 中国诗歌选》（青海人民出版社）收录组诗《时代丛林》。

与黄方国合著的长篇报告文学集《一个世纪的跨越——宜万铁路

建设纪实》由中国经济文化出版社出版。

10月，《重庆文艺》刊发向黎明长篇诗歌评论《浪漫情怀人精神田园诗——浅析李尚朝的诗创作》。

2011年

由中南财经政法大学主编的《三峡文学史》以专节形式评介了李尚朝诗歌创作。这是中国第一部全面描述三峡文学从古至今发展历程的文学史专著。

散文集《那流光一幻》由中国经济文化出版社出版，所选篇目系从散见于全国各大报刊的数百篇散文随笔中精选出来的。其中，部分作品入选多种文摘和散文选本，部分作品入选中学阅读教材。

青海出版社出版的中学生课外新诗校本教材《汉语新诗240首(1918－2008)》收录诗歌《蚂蚁》及赏析。《月上中天》等十五首诗歌入选重庆出版社出版的《我们在这里集结起飞》。

2012年

由李尚朝作词的歌曲《巫山云雨》发行，网络点播量超千万。

《中国诗歌年编（2011)》收录诗歌《红叶诗章》。

受聘为大型系列纪实文学年鉴《共和国骄子》的副主编。

2013年

散文《营造好心境》被收入《新课标·东方新阅读（八年级)》阅读教材，并附阅读训练题。

《中国当代诗歌导读（2011－2012)》收录诗歌《蚂蚁》及赏析。

9月，与歌手谭圳合作的歌曲《感动中国》收入谭圳音乐专辑《天下岳阳楼》全球发行。作为《感动中国》主题曲，此歌曾参加“全国道德模范及身边好人”全国巡演，并引起社会强烈反响。

10月，著名诗评家蒋登科的专著《重庆诗歌访谈》由重庆大学出版社出版，收录了有关李尚朝的访谈《李尚朝：坚守理想主义写作》一文。

组建《重庆公安》编辑部，并主持《重庆公安》（月刊）的编辑工作。

2014 年

当选重庆公安作家协会主席、重庆公安文联副主席。

由李尚朝作词作曲、王可演唱的歌曲《水晶》走红网络。

2015 年

7 月，成为公安部签约作家。

歌曲《爱情的流沙》上线，人民网、光明网等上百家媒体以《诗人跨界歌坛秒杀大批神曲》为题刷屏式报道。

《新启蒙诗选》（五人集）出版，收录李尚朝诗歌六十九首。著名诗人、原文化部副部长高占祥和著名诗人汪国真为该诗选作序。

组诗《诗画江山》获中国诗歌万里行组委会主办的“世界华文诗歌大赛”二等奖。

与江洋一同主编的诗文集《心有猛虎细嗅蔷薇》，由中国文联出版社出版。该诗文集系重庆市公安文联与重庆市公安局工会联合举办的“工会杯精品惠警文学大奖赛”获奖作品集。

诗歌《新年好大雪》入选《双年诗经——中国当代诗歌导读》（四川人民出版社）。《中国实力诗人作品选读》（重庆大学出版社）收录李尚朝诗歌《大雪》及赏析。《2015 中国诗选》（中国文联出版社）收录诗歌《竹筒米酒》。《2014 年度中国公安文学精选（散文诗歌卷）》（群众出版社）收录组诗《警察这个词》。《中国当代诗人代表作名录》收录李尚朝诗歌《月上中天》。“百名诗人万行长诗颂道德模范”诗选集《榜样的力量》（湖南文艺出版社）收录长诗《上尉同志，请归队》。《中国诗歌 · 2014 年民刊诗选》（人民文学出版社）收录诗歌《小雅》。《新诗·2014好诗榜》收录诗歌《视听江山》。

获公安部文联颁发的"2014中国公安诗歌年度诗人奖"。

诗歌《诗画江山》获2015年"中华情"全国诗歌散文联赛金奖。

为纪念中国人民抗日战争暨世界反法西斯战争胜利七十周年，中国邮政发行《国家名片：中国当代书法名家——李尚朝》限量版珍藏邮册，发行当天即脱销。

诗集《诗画江山》由团结出版社出版。该诗集是《巫山文学丛书》中的一种。集中收录了发表在《诗刊》《星星》《时代文学》《红岩》《重庆文学》等文学刊物的十八组近二百首诗歌，是诗人近二十年间情寄山水的抒情诗歌精选。

2016年

3月，诗集《诗画江山》获第三届"相约北京"图书奖一等奖。

《2015中国诗歌选》（海风出版社）收录诗歌《云南王（组诗选二）》。《2015年中国新诗排行榜》收录诗歌《骨头》。中小学学生诗歌读本《中华美文·新诗读本》（现代教育出版社）收录诗歌《虫儿飞》及赏析。《汉诗三百首鉴赏》收录诗歌《大雪》及赏析。《中国网络诗歌年鉴（2015）》收录诗歌四首。

2月，《诗选刊》刊发《小雅》等诗歌五首。

5月，获得《关雎爱情》诗刊2015年度十大实力诗人奖。

5月，获得CCTV"2016中国当代十大德艺双馨艺术家"荣誉称号。

6月，为纪念中国共产党建党九十五周年，中国邮政出版发行《时代先锋：书法名家李尚朝翰墨丹青耀中华》限量版珍藏邮册。

6月，英文版《世界诗歌年鉴2015》在美国出版，收录诗歌《新年好大雪》《大裂谷的箫声》《麦子黄了》《蝴蝶之死》四首。